每一年，有一天，
火龍家都好忙、好忙，又好香。

來火龍家吃飯！

文 哲也　圖 水腦

火龍爸爸很會烤東西，
烤小丸子， 烤大茄子，
烤小橘子， 烤大鬍子。

啊， 不是， 是小火龍
差點烤到爸爸的鬍子。

火龍媽媽很會煮東西，
煮小香菇， 煮大豆腐，
煮小排骨， 煮大屁股。

啊， 不是， 是小火龍差點燙到媽媽的屁股。

火龍哥哥很會包東西，
包小綠豆， 包大芋頭，
包小花豆， 包妹妹的大頭……

妹妹！
你出去玩
好不好？

可是我想
幫忙！

那請你幫個忙，
去找朋友來家裡玩，
今天煮太多，我們自己吃不完。

「好吧！那我就幫你們這個忙！
東西夠吃嗎？會有很多人來喔。」

「今天這種日子，
誰會來我們家？」

「只是讓她
有事情忙嘛。」

「小暴龍，來我家！」
「不行，今天我要回家。」

「長頸龍，來我家玩！」
「不行，今天我要在家吃飯。」

天色越來越晚，
沒有人要去小火龍家玩。
就連小兔、小鹿、小地鼠，
都要回家去吃飯。

咦，　前面走來那個人是誰？
哈，　是糊塗的魔女姐姐！
咦，　跟在姐姐後面的又是誰？
啊，　是雞蛋牛奶番茄和烏賊⋯⋯

「哈哈你看我買菜
不用自己提，
因為我有這支魔笛。」

「魔女姐姐來我家！」

「傻孩子，
也不看看今天是什麼日子。」

「什麼日子？」

「今天是大家都要回家吃飯的日子，
除非他一個人孤孤單單……」

小火龍抬起頭，
沒看到小魔女，
只看到一個大鼻子。

「巨人先生，
你一個人
孤孤單單嗎？」
巨人點點鼻子。

「孤孤單單，
就來我家玩！」
小火龍吹起笛子。

小魔笛，好神奇，
隨便吹，都讓人著迷。
隨便唱，都讓人想一直聽下去。

如果你孤單，就來我家玩！
如果你喜歡，就跟我一起唱！
如果你冷了，噴火給你取暖，
如果你餓了，
來火龍家吃飯！

小火龍吹一吹，又唱一唱，
巨人把她放在肩膀上。

「我們再去找孤孤單單的人吧？」
「我帶你去。 我每天低頭，都看到很多人孤孤單單。」

獨角獸媽媽一個人住在湖邊，
孤孤單單。

小矮人爺爺一個人住在
地洞裡，孤孤單單。

長牙虎奶奶一個人趴在枯樹上，
孤孤單單。

孤孤單單，就來火龍家玩，
來火龍家看電視，來火龍家嗑瓜子，
來火龍家吃餃子，來火龍家剝橘子！
而且，來火龍家
不用脫鞋子！

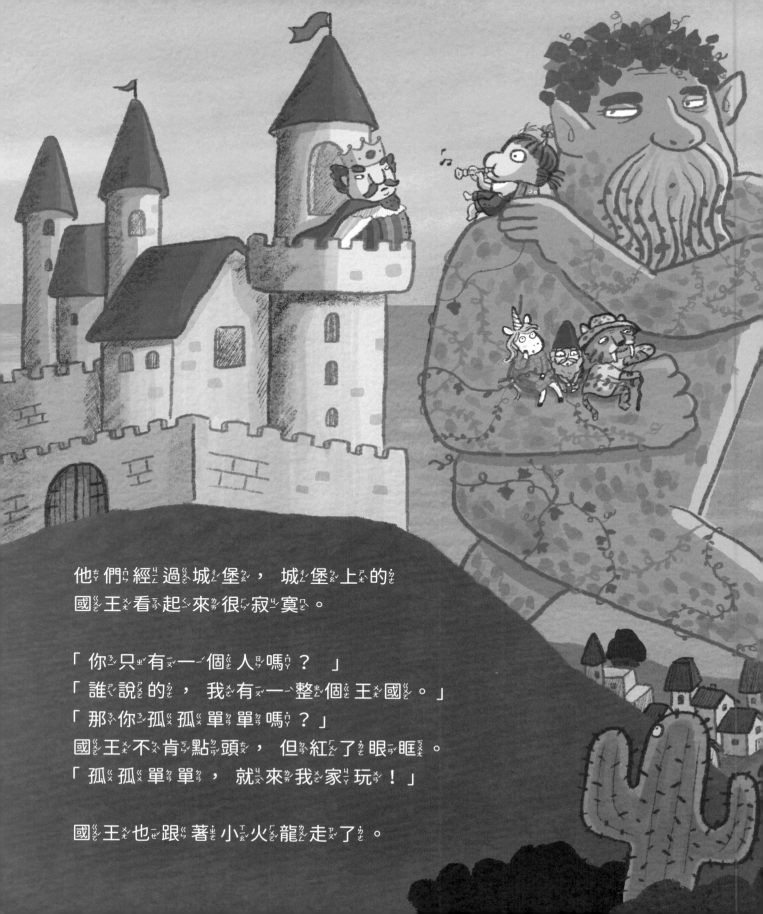

他們經過城堡，城堡上的
國王看起來很寂寞。

「你只有一個人嗎？」
「誰說的，我有一整個王國。」
「那你孤孤單單嗎？」
國王不肯點頭，但紅了眼眶。
「孤孤單單，就來我家玩！」

國王也跟著小火龍走了。

王子馬上追了出來。

「快把國王放了！」

「你只有一個人嗎？」

「對付你，我一個人就夠了！」

「一個人孤孤單單，就來我家玩！」

王子也跟著小火龍走了。

就這樣，跟著小火龍回家的隊伍，越來越長。

小火龍的歌，也越唱越長。

如果你孤單，就來火龍家玩，
如果你喜歡，就和我一起唱！
如果你冷了，噴火給你取暖，
如果你餓了，
來火龍家吃飯！

吃飯飯，吃飯飯，
吃到半夜兩點半，
吃到嘴巴痠，吃到心暖暖，
吃完我哥會洗碗，
吃到三天不會餓，
吃到回家沒公車，
只好邊走邊唱歌，唱什麼歌？
小火龍的回家路隊歌……

「啊！月亮也是
一個人孤孤單單！」

「小火龍怎麼還不回來？」

「一定是沒有完成任務，
不敢回來。」

「可憐的妹妹，我去找她。」
哥哥打開門。

「聽說這裡有
好吃的東西？」
「聽說這裡是個
溫暖的家？」

巨人回到山裡，覺得山裡不只是自己一個人。
鯨魚回到海裡，覺得大海有很多家人。

燈塔也不再
孤單一人。

房子也不再孤單。

月亮也不孤單。

你ㄋㄧˇ也ㄧㄝˇ不ㄅㄨˋ孤ㄍㄨ單ㄉㄢ。

國家圖書館出版品預行編目 (CIP) 資料

小火龍.1,來火龍家吃飯!/哲也文 ; 水腦
圖. -- 第一版. -- 臺北市 : 親子天下股份
有限公司, 2023.08
44面 ; 21X25公分
國語注音
ISBN 978-626-305-538-4(精裝)

1.SHTB: 圖畫故事書--3-6歲幼兒讀物

863.599   112010831

小火龍全系列故事
試聽

49 元優惠價
訂閱親子天下有聲書
（優惠方案至 2024/12/31 止）

繪本 0338

來火龍家吃飯！

文｜哲也　圖｜水腦

責任編輯｜謝宗穎　美術設計｜陳珮甄　行銷企劃｜翁郁涵、張家綺

天下雜誌群創辦人｜殷允芃　董事長兼執行長｜何琦瑜
媒體暨產品事業群
總經理｜游玉雪　副總經理｜林彥傑　總編輯｜林欣靜　行銷總監｜林育菁
資深主編｜蔡忠琦　版權主任｜何晨瑋、黃微真

出版者｜親子天下股份有限公司　地址｜台北市 104 建國北路一段 96 號 4 樓
電話｜（02）2509-2800　傳真｜（02）2509-2462　網址｜www.parenting.com.tw
讀者服務專線｜（02）2662-0332　週一～週五：09:00~17:30
傳真｜（02）2662-6048　客服信箱｜parenting@cw.com.tw
法律顧問｜台英國際商務法律事務所・羅明通律師
製版印刷｜中原造像股份有限公司
總經銷｜大和圖書有限公司　電話：（02）8990-2588

出版日期｜2023 年 8 月第一版第一次印行
定價｜350 元　書號｜BKKP0338P　ISBN｜978-626-305-538-4（精裝）

訂購服務 ———————————————————
親子天下 Shopping｜shopping.parenting.com.tw
海外・大量訂購｜parenting@cw.com.tw
書香花園｜台北市建國北路二段 6 巷 11 號　電話（02）2506-1635
劃撥帳號｜50331356　親子天下股份有限公司

立即購買 >

魔笛使用說明
真心真意吸口氣
傻裡傻氣吹魔笛
自己開心向前走
別人自然跟上去
⚠危險物品，請放在兒童
拿不到的地方！
＊內附三顆 3A 魔力電池

「啊ㄚ，沒ㄟ……沒ㄟ錯ㄘㄨㄛˋ，請ㄑㄧㄥˇ進ㄐㄧㄣˋ吧ㄅㄚ！」
「幸ㄒㄧㄥˋ好ㄏㄠˇ今ㄐㄧㄣ天ㄊㄧㄢ準ㄓㄨㄣˇ備ㄅㄟˋ了ㄌㄜ很ㄏㄣˇ多ㄉㄨㄛ食ㄕˊ物ㄨˋ。」

歡迎來我們火龍家，

希望菜色
　　　你們都喜歡！

希望你們
　　　也都有家，

希望你們
　　　都不再孤單！

第二天，大家臉上帶著滿足的微笑，
高高興興的回去了。他們發現自己
不再是孤單一個人了。